두부

마음의 눈으로 보는
천 가지 아름다움

이영순 글

솔과학

목차

목차

목차

목차

들어가는 말

꽁꽁 얼었던 대지 위에 작고도 예쁜 풀 한 포기가 소리 없이 앙증맞게 올라오기도 하고 꽃을 피우기도 합니다. 어느샌가 명주바람과 함께 꽃들의 잔치마당이 되어 울긋불긋한 꽃들의 향연이 펼쳐집니다. 필자가 가장 좋아하는 계절입니다. 누군가가 오라고 하지 않아도 신발 갈아신고 봄 마중하러 나갑니다.

유년 시절이 떠오릅니다.

아버지는 늘 읽을 수 있는 활자가 있다면 잡지, 신문, 책을 망라하고 읽으셨습니다. 농사일하면서도 때로는 일보다는 책을 읽는 모습이 왜 그렇게도 미웠을까요? 정말로 미웠습니다. 신문을 찾으면, 필자는 아궁이에 불쏘시개로 썼다고 하고 드리지 않았습니다. 어린 나이에 아버지에게 야단맞는 것보다 더욱 미운 건 책 읽는 모습이었습니다. 그러던 어느 날부터 필자의 손에는 책이 있고, 펜을 들고 있었습니다. 글을 쓸 때마다 아버지를 미워했던 내가 이렇게 자판기를 두드리고 있다는 것도 알았고, 고인이 된 아버지의 모습이 스펀지처럼 흡수되었다는 것을 뒤늦게 알았습니다. 마음속에 있는 감정들을 쏟아내고, 그 감정들은 살아가려는 바락 일수도 있었지만, 그동안 나의 모습을 묵묵히 지켜본 가족들도 있습니다.

　때론, 누군가는 필자에게 묻습니다.
　1998년부터 시작된 남편의 만성신부전 투병 생활을 지켜보면서 어떻게 보냈느냐고도 묻습니다. 그럴 때마다 필자는, 내게는 글이 있어서 속앓이하면서도 이렇게 자판기를 두드리고 살아 갈 수 있는 힘이 생겼고, 그렇게 마음속을 정리하면서 보낼 수 있었다고 합니다. 이 책의 글들은 병원비로 정말로 어렵던 시절, 살던 아파트를 팔고, 땅도 팔고, 월세방으로 주저앉으면서 "밑 빠진 독에 물 붓기"라는 옛 속담처럼 그런 시절부터 조금씩 조금씩 어떤 희망이나 필자의 마음속을 지켜보면서 낙서장에 쓴 것을 모았습니다. 벌써 20여 년이 지난 글들도 있지만, 때론 버리지 않고 모아 둔 것을 산문집 〈두부〉로 엮어보았습니다.

두부는 일상생활에서 가장 쉽게 구할 수 있고 가장 많이 먹는 건강식 식품입니다. 그런 마음으로 제목을 〈두부〉라고 지어보았습니다.

누군가가 나를 사랑하고 사랑하려고 한다면 소나무, 대나무, 매화나무처럼 그런 사람을 대하고 곁에 두려고 합니다. 그렇게 살아온 인생 속에서 그동안 감정이 생기면 늘 어느 곳에서도 자판기를 두드리곤 했습니다. 휴대전화에 저장하는 습관으로 써놓은 것들을, 조금씩 조금씩 나의 마음을 활자로 만들어 놓았던 것을 책으로 엮어봅니다. 나의 작은 소망의 결실을 우리 가족들과 함께 기쁨을 나누고 싶습니다.

우리 집에 예쁜 손녀 사람 꽃이 피었습니다.
첫째, 나율이 손녀가 태어나고 일 년이 지났습니다.
둘째, 나현이 손녀가 태어나고 한 달이 지났습니다.
할머니가 되어 소녀의 감정으로 이 글을 완성해 봅니다.

2025년 봄에
이제, 필자는 봄꽃을 가슴속에 담아 보려 밖으로 나가려고 합니다.

01
아름답다고
느껴지는 것은...

눈은 녹아내리는데
날씨가 화창한 탓인지
산수유 가지 사이사이로
눈물이 뚝뚝 떨어진다.
이 순간이 퍽 아름답다고
느껴지는 그대는
그대 가슴이 아름답기 때문이다.

늦깎이 여름

그대는

열대야 속에서

더위와 함께

때론

선풍기와

얼음 많이 넣은 냉면과

벗을 삼고

그렇게 보냈으나

지금은 그래도

조금은

조석으로는

선풍기를 멀리할 수 있지 않은가.

그대여

계절은 변함없이

자네에게

선물을 하는 것이라네.

팔순 친정엄마와 소주를

엄마와 이렇게
마주 앉아있을 날이
그런 시간이 얼마나 남았을까?
소주잔이 부딪칠 때마다
가슴 속에서는
그저 안 아프게 살다 가셨으면
그리고
이런 날이 더 많아졌으면
나도 이런 날이 머지않았는데...

수원에서
점심시간보다
이른 시간에 뼈다귀 감자탕집에서
소주 한 잔을 곁들였다.
낮술이라고 조금만 하자고 하신다.
엄마의 마음을 읽어보는 날이었다.

우암산 순환도로

우암산 순환도로
드라마 「김탁구」, 「영광의 제인」 촬영지가
이제는 청주 관광명소로 탈바꿈이 되었다.
꼬불꼬불 골목길이었는데
커피숍만이 즐비하게 늘어져 있다.
어떤 커피 맛을 보기보다는
남·여 즐길 수 있다는 낭만의 공간
청주 시내를 한 눈으로 모두를 담을 수 있다는
매력이 있다.
가을바람이 온몸을 휘감는 시간
한 페이지를 느껴보고 싶었다.

할머니의 손길 ◦

육거리 시장에
혹시나 미루나무버섯이 나왔을까?
둘러보았지만 아직은 때가 아닌가 보다 했는데
가을에 요맘때만 되면 나오는 미루나무버섯
산에서 채취하는 것도 좋지만
뱀을 만날까 봐 늘 조심스럽다.
미루나무버섯을 만나는 순간
가슴속에서 환희심이 생겨났다.
"그냥 가격은 상관없이 주세요"라고 했다.
할머니가 비닐봉지에 담아내는 손은
거북이 등가죽처럼 거칠어 보이지만
정이 푹 담긴 손으로 봉지에 한가득 담는다
할머니의 삶과 고단함이랄까?
할머니 정이 담긴 손길이 퍽 그립다.

아들은 엄마를 닮았다

어머님께서는 드럼통을 밟고
머루나무 아래에서
머루 한 송이를 손에 쥐고 가위로 싹둑 자르는데.
나는 주차를 살며시 하면서
장난을 치려고 클랙슨을 눌렀다.
어머님은 깜짝 놀라셨다.
장난을 친다는 것이 놀라신 눈치다.

큰아들 6살 무렵에 일이 생각난다.
고추 고르기에 여념이 없는 할머니에게
큰 손자는 파리채로 벌을 잡아놓고
벌 날개를 손으로 잡더니
제 할머니 엉덩이 속에 집어넣고 깔깔깔.
고추 고르기에 정신없던 할머니는
"아이고 깜짝이야!"
작은 엉덩이가 빨갛다.
손으로 잡고서 보니 죽기 직전에 벌침을 놓았다.

혼자는 외로워요

경기도 파주 심학산 약천사

대웅전에는 삼존불과 약사여래불을 모셨다.

약사여래불, 지장보살을 모신 약천사

대웅전 천장과 요사체는 단청을 하지 않았는데.

일주문 입구와 각 전각에는 화려하게 수를 놓았다.

화사한 금송 두 그루가 얼굴을 마주하고 있다.

금송이 마주한 것은

혼자는 외로우니까 둘이랍니다.

2015년 9월 13일 순례길에서

◦ 목화솜

그 안에 무엇이 있나가 아니라
그저 내 안에 고요를 깨우기 위해서
무심천으로 나갔다.
직능단체에서 심어놓은 목화밭
목화밭 구경한 것이 언제인가?
유년 시절에 본 것이 전부인데.
어릴 적에
목화솜 따다가 씨를 바르고
목화솜만 모아놓으면 이불을 만들던 그 시절
지금은 경제 발전으로 인해
목화가 무엇인지도 모르고 자라는
우리 자식들에게는 무엇을 가르쳐 줄 것인가?
목화솜으로 만든 이불을 덮고 포근한 밤으로
밤잠을 보내면 좋겠다.

우리 집 토종닭 마음 ○──

닭들은 무슨 생각을 갖고 살까?

먹이를 주면 달려와서 먹고

고개 갸우뚱하는 거 보면 신기하고

하루 한 개씩 알을 낳고

그 알을 암탉이 품으면 20일 만에 부화를 한다.

그 병아리가 커서 암탉이 되는데

무슨 생각을 갖고 사는지 궁금하지만

물어보니 대답이 없네.

닭이 말하는 언어를 모르니 모를 수밖에.

가을비

갈 낙엽이 시나브로
멀어지는 것이 안쓰러워
가을비와 함께 뒹굴고 있네!
그대를 본 것이 언제인지.

가을

가을이다.
저 멀리서 오는 게 아니라
지금 내 앞에 서 있다.
가을은 완성의 계절이다.
그러기에
가을을 만추라고 한다.

그대의 의자

그대가 앉던 그 의자
그 의자에서
무엇을 하던지
나는 당신의 의자가 될 거예요.
그 짐을 의자에 앉아
넘칠 만한 무게를 짊어진다 해도
나는 그대의 의자가 될래요.

옹기종기

가을비 위에
화려한 불빛이 투영되었다.
그것은,
그대 가슴속에 떨어진 사랑이다.
옹기종기 모여
그것이 무엇인지도 모르고
지나쳤던 도심거리
가을비
도로 위에 떨어진 불빛이여
사랑은
화려함 속에 피어나는 꽃이다.

청명한 가을하늘

법주사 대웅보전 앞마당에
두 보리수나무가 그새 노랗게 물들었네.
선희궁(영조 후궁 영빈 이씨 위패를 모신 곳) 담벼락에
담쟁이는 곱게 물들어가고 있네.
가을하늘이
구름 한 점 없이
무척이나 청명하다
청명한 가을하늘만큼이나
사람 사는 세상도
청명했으면...

국화꽃을 가슴에 담다 ◦──────

화려하게 피는 꽃도 아니다.
그저 수수하게 피는 국화꽃
일 년 동안 내 가슴속에
살며시 앉았다가
개구리가 팔짝 뛰듯
그렇게 내 가슴속에서 피는 꽃

우리 집 작은 화분에
연한 보라색으로 필 때마다
나는 마음속에 담는다.
한 해 지나가면
또 다른 해를 기다린다고
늘
내 가슴속에 국화꽃을 담는다.
사랑은,
늘 가슴속에서 피어나듯

○ 늦가을의 장미가 화사하게 느껴지는 것은

늦가을 장미꽃이 아름다운 것은
삶이 아름다웠기 때문이라고
삶은,
장미 가시처럼 솟구치는 날도
꽃처럼 아름답게 표현해야 좋다.
시들어버린 꽃 속에서
그대만의 아름다움으로.

소나무

가을 단풍놀이에
정신없이 분주하게 다녔다.
대전 한밭수목원에 갔다.
유년 시절 친구와 함께
수목원 전체를 둘러보면서
잘 생기고 멋진 소나무가 서 있길래,
그 아래에서 포즈를 취해 보았다
나는 소나무 퍽 좋아하는데
사시사철 푸르름처럼 변하지 않는 그 마음이 좋다.

선유도에서

바닷물이
밀려오는 것은
지독한 그리움이다.

해무로
뒤덮인 그곳에서
지독한 그리움에
잠시 눈을 지긋이...

가을에는 누구나 시인이다

온 고을마다 오색실로
수를 놓아버렸다.
우리는 가슴으로 느끼고
세계 유네스코에 등록된
아리랑 노래로
단풍 길을 걸으며
"아리랑 아리랑 아라리요.
나를 버리고 가시는 님은 십 리도 못 가서 발병 난다."

흥얼거린다.
단풍길 걸으면서
가슴속에 담긴 그 임을 불러본다.
문경새재 단풍길을 걸으면서
가을에는 누구나 시인이라네요.

◦ 배추

한여름 뙤약볕에서
이슬 머금고 쑥쑥 크던 그대
어제 다르고
오늘 다르고
내일이 다르게 그대 잎도 다르게 커가겠지
그대 가슴에 무엇을 키우고 있었을까.
찬 서리 맞으며
그대는 또 맞으며
가슴속에 서린 한을
노랗게 속을 꽉 채우는
그대는 진정 아름다운 여인

첫서리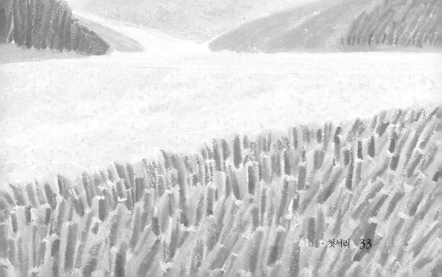

겨울로 들어섰는데
아직도 길가에 핀 꽃이 아름답습니다.
꽃은 작지만
소박함에서
더욱더 고귀함을 보는 듯 하다.
첫서리를 맞으면서
꽃을 피우는
그대는 멋쟁이.

○ 불타는 사랑

봄에는 노랗게 피더니
달달한 언어들로
빨갛게 결실을 맺고 있네.
그것은
우리들의
정열과 불타는 사랑

산수유를 바라보면서

홍시

삶이 고달플 때마다
달달한 홍시를 생각하면
팍팍했던 그것이
세월이 흐른 뒤에
홍시가 내 입안으로 들어갔을 때처럼
달달함보다 더 달달한 인생을
장식할 거라고
희망과 용기로 푸풀게 한다.
'홍시'
달달한 그 홍시
대봉감나무에 매달린 발그레한
한가위 보름달처럼
마음속을 훔쳐보는 것 같다.
두 손으로 감싸들고
내면의 사랑을 먹는다.

。피었던 국화꽃은, 어느덧 지고 있습니다

어린 국화 새순부터
눈으로 손으로 정성들여
보살폈다. 가을이 오는가 보다
꽃이 피는 순간까지도
눈에서 뗄 수가 없었습니다.

우리 인생 여정처럼
어린아이가 자라서
성인이 되고
할머니 할아버지가 되듯
꽃이 피는가 싶더니
어느새 지고 있었습니다.

아름답다고 느껴지는 것은 ○───

눈은 녹아내리는데
날씨가 화창한 탓인지
산수유 가지 사이사이로
눈물이 뚝뚝 떨어진다.
이 순간이 퍽 아름답다고
느껴지는 그대는
그대 가슴이 아름답기 때문이다.

가슴속의 한

바람에 흔들리면서도
내 힘으로
어찌할 도리가 없어서
속 울음소리를 내어도
그대는 모른다.
내 가슴속에
쌓인 울분을 그대가 알 수 있을까?
인생이란 그런 것이다
흔들리는 마음들이
때로는 멈추기를 바랄 뿐이다.

봄을 기다리며

온 고을에 하얗게 필 하얀 목련
돌아오는 봄을 기다리련다.
숫처녀 젖가슴만 한
꽃을 피워내려고
온갖 인고의 시련 속에서
코앞 엄동설한도
하얀 목련은
젖가슴만 한 작은 꽃을 피워내느라
돌아오는 봄을 기다리며
가슴속으로 잉태한다.
우리네 인생도
가슴팍 시리던 세월을 견디면
돌아오는 봄에는
예쁜 꽃이 피어나겠지!

경북 예천 용문사에서 12월 초에

드라마 '붓다'를 보면서

연꽃을 밟으면서
한 발 한 발 내디딜 때마다
발아래 꽃이 피어나고
그분은 어떠한 분이었기에
그렇게도 숭고하고 깨끗한
오물과 섞이지 않는
활짝 피어난 연꽃을 밟았을까?
'붓다' 드라마를 보면서
그분께서 남기신 깨달음으로
우리는 열심히 배우고 정진한다.

따뜻한 차 한 잔이 그리운 시간

겨울이 실종된 것처럼

따뜻했는데

찻잔의 온기로

차가운 손이라도 따뜻해지기를

언 마음을 녹여서

차 한 잔으로

따뜻한 '정'을 나눌 수 있기를 소망해 본다.

○ 밥 훔쳐 먹기

그대는 배곯았던 시절이 있었는가?
그대는 어린 시절 물질을 하였던가?
그대는 언제부터 아궁이에 불을 지폈던가?
고사리손으로 내 몸보다 더 무거운 무쇠 뚜껑을
열어보고 고슬고슬한 밥을 지어 보았는가?
배곯아 본 기억이 없었다면
그대는 눈물의 밥 도둑질도 해 본 적이 없을 것이다.

된서리 벗어나기

된서리!
그대의 마음속을 누가 훔쳐 갔던가.
된서리처럼

된서리!
그대의 애틋한 사랑을 된서리 맞은 것처럼
훔쳐 갔던가.

된서리!
삶은 그대의 가슴에
늘 된서리로 둥지를 틀고 있지만
그 된서리에서 벗어나기가 고무적이다.

병신년 해맞이

병신년 새해가 밝았다.
울산 간절곶에서 바라본 일출
칠흑 같은 어둠 속을 달려서
도착한 울산 간절곶
사위는 시계 바늘 초침과 함께
어둠을 걷어내고 있었다.
바다 수면 위로 태양은 떠오른다.
자그마한 점 하나가 위대해 보인다.
찰나를 기다렸다는 듯이
붉게 용광로처럼 솟아오른 병신년 해맞이
저 멀리 붉게 금방이라도
타오르는 듯하다.

빛이 보이긴 해도
병신년 새해 일출은
가슴을 콩닥거리게 한다.
매서운 한파도 멀리한 듯
조금은 포근한 날씨 속에
해맞이 인파들은 북새통 속에서
저마다 소원을 빌어본다.

02
사랑한다는
것은...

살아가면서 사랑한다는 것은
참 좋은 것입니다.
그 좋은 것을
오래오래 간직한다는 것도 좋아요.
마음 한 곳에
저장해 놓고
필요할 때마다
약재처럼 꺼내어
쓰는 것도 좋아요.

넝쿨장미

여름의 시작을 알리는 길목에서
담장 너머 울타리에
둥지를 틀고
장미꽃은 늘 그렇게
화려하게
여름의 시작을 알려주는
그에게 늘 찬사를 보낸다.

감사함을 느끼면서

그대가
뚝배기 구수한 된장국에
아니 들어간 것이 얼마나 다행인가.

그대가
내 입 안에서 살살 녹아내는
맛으로 휘감을 때
못 들어간 것이 얼마나 다행인가.

그로 인해
그대는 꽃을 피우고
그대는 참으로
예쁘고도 고귀한 생명이다.

숨 쉴 수 있는
모든 생명들은 존엄하고도
귀한 것이니까.

어머니

하루의 삶이 고달프다 하면서
진흙 부뚜막 위에 커다란 가마솥
보리쌀 앉혀 놓고
아궁이에 불 지피는 어머니
아궁이에 타오르는 뜨거운 장작불로
 삶의 고단함을 태우신다.
우리 가족 따뜻하게 배불리 먹여보려고
없는 살림에 이리저리 다독거리는 어머니
보리쌀 한 되 푹 삶아
한 되가 서너 되가 되고
많은 가족들 배부르게 입에 넣어주려고
산나물 뜯어 커다란 가마솥에 한가득 만들고
커다란 밥상 앞에 배불리 먹는 모습
지켜보는 어머님 모습
내 입으로 들어간 것도 없으면서 물배 채우시고
그저 남의 집에서 한술 떠먹은 것이 체 했다고
거짓말하시는 어머니

어머니 뱃속에서는 부글부글 친구들이
동네잔치를 벌이어도
그래도 당신은 괜찮다 하시는 어머니.

포옹과 버팀목

동네 마을 입구의 수문장
몇백 년은 됨직한 커다란 느티나무
낙엽은 칼바람에 흔들거리고
든든한 버팀목처럼
내가 힘들 때 달려가면
언제나 이유 없이 반길 것만 같은
든든한 사랑으로 포옹해 줄 것 같습니다.

삶이 고단할 때마다
한없이 기대고 싶은 버팀목
사랑은 교감과 포근함입니다.
늘 기대고 있어도 좋을
포근한 사랑.
가슴 안에 담을 수 있는 사랑
언제나 늘 달려가서
포근함을 느낄 수 있는
마음의 안식처가 된다면
좋을 듯싶습니다.

이름 모를 꽃

꽃향기는 좋은데
그 꽃 이름은 모른다.

모르면 모른 데로
그 꽃은 향기만 가슴에 품기를.

향기가 퍽 좋아
그 꽃 앞에서
발걸음을 멈춘다.

거꾸로 보는 세상

거꾸로 보는 세상이 특별하다고 한다면
거꾸로 숲을 보고
그리고 꽃을 보고
입가에 걸친 미소로
흐르는 냇물을 보고
거꾸로 빌딩을 보고
자동차가 거꾸로 달린다면

우리네 인생은 달라질까.
매일같이 바라보는 시선과
다른 맛을 느끼고
세상을 달리 볼 수 있지만
앞으로 달려가는 인생
뒷걸음질하면서 달려가는 인생
사람은 누구나 느낌이 있고
그 느낌이 거꾸로 보는 인생도 있다.

만일
꽃이 거꾸로 피어있다면
그 꽃이
과연 우리에게 어떤 희망의
메시지를 전해줄까?
뿌리 없는 꽃이 없듯
마음이 없는 꽃은 없다.
자연에 순응하지 않고
거꾸로 모든 것을 받아들인다면
그것은 억지 부리는 세상이 되고 만다.

낙화를 바라보며

모진 시련 이겨내고
화려하게 피어냈건만
한 세상 태어나
그새 며칠을 살아보자고
그렇게 태어났던가!
그대는
나에게 호사를 주고도
사랑도 주었건만
그 사랑 어찌 보답하리.
흔들리는 바람에
밤새 소리 없이 나린 눈처럼
땅바닥에 고갤 떨군 그대는
그래도 아름답습니다.

새순이 고갤 쏘옥 내민다.
그냥 이쁘다.
내 발걸음을 멈추게 했으니
얼마나 예쁜가?
연둣빛향연도 잠시일 텐데
즐길 수 있을 때 마음껏
즐기는 이 순간이
인생의 한 점이다.
내일이면 좀 더 고갤 내밀겠지.

첫사랑

온 산새가
연둣빛으로 물들고
그렇게
화려하진 않지만
화사한 연둣빛 속에
나의 감성을 적신다.
나의 가슴을 설레게 했던
그 첫사랑처럼.

고목나무에 핀 꽃이여
그대는 어느 가슴에
정 하나 붙이고
이 세상을 살 것인가?
장작불처럼
나의 심장에
정 하나 붙이려
배꼽동네 마을에
사람 냄새 가득 담았으면.

○ 진달래 화전

그리움에
목말랐던 나
그 그리움을
그것은 곱디고운 붉은 화전
너의 고통 속에서
나는 사랑을 보았습니다.

담쟁이

담쟁이는
어찌 그리도 힘차게
도약을 하는지요.
얽히고 설킨 것 같아도
사실 가만히 들여다보면
그들만의 질서가 있습니다.
질서를 파괴하지 않고
묵묵히 살아가는 담쟁이.

새로운 잎이 밀어내듯
담장 벽에 의지하고
내 몸을 바짝 붙이고도
더 높은 곳을 향하여
담쟁이는 질서유지를 하면서 밀어냅니다.
그것은 순리이니까요.

봄의 전령사

꽃피고 잎이 나오는 것도 있지만
잎과 꽃이 함께 나오는 벚꽃도 있다.
능수벚꽃은 겹으로 핀 것이 퍽이나 화려하다.
봄의 전령사인 그 꽃
낙화 되면
꽃눈이 오는 것 같으니
이 얼마나 화려하고 사랑스러운가!

봄에 핀 꽃이 아름다운 것은

봄에 핀 꽃이
아름다운 것은
혹독한 겨울을
이겨냈기 때문이고

사람 또한
아름다운 것은
질곡의 늪에서
묵묵히 헤치고
살아남았기 때문이다.

아름다운 꽃을 보고
아름다운 사람을 보면
그대는 어떠한
가슴이 생기는가?

◦ 티눈박이 은행잎

혹독한 추위를 잘 견디어 내더니
눈부신 햇살과 더불어
배꼽동네 옹기종기 모였네!
티눈박이처럼
새 생명이 태어나는 순간이다.

그것은,
표출하지 못한 그리움 덩어리들입니다.

복사꽃

온 산골마다
분홍색 치마저고리 입었네.
연분홍 치마저고리 입고
연지곤지 찍고 시집가던 날
새색시 볼에 수줍은 미소
꼭 빼닮은 복사꽃.

◦ 쪽파

네가 입고 있는 옷
한 겹 한 겹을 벗길 때
내 가슴은 두근두근
나는 너의 알몸을 본 순간
그만 와락 눈물을 쏟는다.
속마음을 들킨 것만 같다.
너의 알몸에
그 곡선에 나는 반하여
가슴속에 쌓인 한들을
참았던 울분들을
모두 토해내고 만다.

나의 가슴을 울리는 미소 ○────

꽃은
하루가 다르게
개화를 한다.
엊그제만 해도
입을 꾹 다물더니
이틀 만인데 벌써 미소 짓는다.
매일은 아니어도
늘 그 자리에서 지켜보는
산수유꽃
나의 가슴을 울리게 한다.

첫 월급 단상

큰아들
작은아들
두 아들이 장성해서

첫 월급을 타오더니
큰아들은
가벼운 워킹화 신발을 사주고
작은아들은
엄마의 잔머리에
거금이 들어간
쿠쿠 전기밥솥을

두 아들이 사준 거라
그런지
더 아끼고
애지중지하면서
신어주고 밥을 먹으면서도
두 아들 생각이 난다.

두 아들 배냇저고리

큰아들이 27살

작은아들이 25살

수십 년이 흘렀어도

아직도 고스란히

귀한 상자 속에 담겨져 있는

두 아들 배냇저고리

가끔 한 번씩 삶아주고

접고

또다시

상자함 속에 넣을 때마다

지난날을 생각해 보면

감회가 새롭다.

언제 이 옷을 입었던 것인지

아이들에게 보여주고

"네가 엄마 뱃속에서

나와서 처음 입었던 옷 이란다" 하면

에게 게!

내가 언제 이런 것을 입었어. ㅎㅎㅎ

입가에 미소 짓는 두 아들.

인생의 묘미

새벽길에
춘설을 맞는 이 기분
춘설을 맞이하는 이 느낌
또 다른 인생의 이 묘미함
절절한 한 여인네의
가슴속을 울린다.

봄꽃이 피었다 ○———

지난겨울

꽁꽁 웅크렸던 고사리손

새봄을 알리며

달콤한

언어들로 손짓한다.

북망산천

사람은 어디서 왔는가.
어디서 왔다가 어디로 가는가?
한평생을 살다가
다시 한 줌의 재로 자연으로 되돌아간다.
망자의 영정사진 속에는
지난 세월의 삶을 잠시 되돌아본다.

언젠가는 나도 북망산천으로 갈 텐데
소풍 마치고 떠나가는 날
두 눈 지그시 감고
미소 지으며
지난 삶이 아름다웠노라고
비록 삶은 고단했어도
순간순간이 행복이었다고
떠나는 삶이라면 퍽 좋겠다.

배신 o———

지식은 믿음을 저버리지 않고
동물은 의리가 있으며
자연은 관계를 먼저 끊지 않는다.

그러나
인간은 자연과 동물에게
그리고 스스로에게
신의를 종종 잃고 배신도 한다.

환희에 찬 기쁨

새봄이 벌써 왔구나.
빼곡한 잔디 속에 작고도 아주 여린 예쁜이들
푸릇푸릇하게
올라오고 있으니 말이다.

환희에 찬 기쁨
생동감이 있어
너무너무 감동적이다.

이해와 사랑

사랑하는 사람은

사랑하고 사랑받고 사랑할 줄 아는 사람이 좋다.

이다음에

혹여 새로이 시작할 기회가 생긴다면

모든 것을 이해하고

폭넓게 받아들일 줄 아는 그런 사람이었으면 좋겠다.

둘이 함께 소통하고 나눌 수 있는 것

그리고 이해할 수 있는 사람

그런 마음씨를 가진 사람이었으면 좋겠다.

봄이 오는 소리

얼음장 같던 대지
냉동고 같던 그 마음도
봄 대지처럼
조금씩 풀린다면
머지않아 생명들의 아우성처럼
생동감이 가득하고
봄나들이 울긋불긋
야단법석일 테지

사계절 중
봄을 가장 사랑하는 이유이다.

섣달의 보름달

유난히 달이 밝아 보이는 것은
마음이 편하기 때문인지
어두웠던 그 마음을
달빛이 삼켰기 때문인지
포용할 수 있다면
부처님 마음 닮았겠지.

바람이 차다.
오늘따라 유난히 보름달이
밝게 보이는 것은
부처님 마음 입었기
때문인 걸.

밝은 미소

영산홍 꽃봉오리
제 살 감싸주려고
꼭꼭 동여매고 있다.
엄동설한
꿋꿋하게 이겨내면
곧 밝은 미소가
내 눈앞에
펼쳐질 거야.

섬진강의 봄

섬진강 마을에

친구들을 불러 모았는데

동장군 추위가 물러가지 않아

조금은 아쉬웠습니다.

대나무도 소나무도 동장군을 이겨냈는데

매화도 엄동설한을 이겨내고

매화꽃 향연을 열고 있는 중이었습니다.

섬진강 매화마을은

고진감래 끝에

매화꽃 덕분에 장관을 이루었습니다.

사랑한다는 것은

살아가면서 사랑한다는 것은
참 좋은 것입니다.
그 좋은 것을
오래오래 간직한다는 것도 좋아요.
마음 한 곳에
저장해 놓고
필요할 때마다
약재처럼 꺼내어
쓰는 것도 좋아요.

03
사람 마음
이라는 것은...

사람 마음이라는 것은,
마음 깊이를 얼마나 알 수 있을까
어느 땐 마음이 마음을 혼을 내어 주기도 하고
때론 마음이 마음을 아름답게 만들어주기도 한다.
그런데, 요즘 내 마음은 어떠한가?
마음을 얼마만큼 깊이 알아야 하는지.

아무것도 바라지 말고 비우는 마음으로
당신의 마음을 가득 채우면 좋겠다.
보이지 않는 마음으로 인해
당신의 마음에게 상처를 주고
마음이라는 친구가 또 나에게 마음을 건네어준다.

음지(陰地)

아무것도 보이지 않는다 해도
보이지 않는 것이 아니고
마음으로 본다면 안 보이는 게 없다.

숨겨진 것에서
빨간색으로 피어난 꽃을 본다면
그 꽃을 보며 나도 희망을 본다.

검은 그림자 같은 그 마음도
진흙 속에서 꿈틀거리다 보면
내일의 희망은 있다.

그늘 속에서
피어나는 꽃이기에
마음으로 본다면
안 보이는 꽃이 없고
그 속에서
사랑과 행복은 있는 것이라고.

질경이는 ○────

나그네의 발길에
밟히고 또 밟히어도
서럽다!
힘들다!
고달프다!
인생은 다 그런 거라고!
외마디 던져놓고
그렇게 세상을
살아가는 것이라고 소리친다.
나의 뿌리 나의 마음
나의 가슴 아무리 짓기고 밟히어도
마음의 근본자리 믿고 툭툭 털고 일어나
또다시 세상을 향해 외친다.
인생은 칠전팔기라고.

파르르

떨림의
미세한 움직임이다.
파르르
작은 풀잎 위에
곤충 한 마리
팔짝 뛰어올라
파르르
살겠다고 꼭 매달린다.

촛불

마음 한 곳에

가느다란 심장 하나 박아놓고

뜨거운 삶

뜨거운 열기

내 한 몸 불사르면서

내 삶보다는

가족의 영안(靈眼)을 생각한다.

심장이 다 타고 꺼지면

연기처럼 소멸되어

사라질 때면

나의 삶은 비상을 꿈꾼다.

。 도심을 바라보면서

설법 전에 앉아
서울 도심 한복판을 보았다.
빽빽한 도시
여백도 없고
길상사 앞에 사는 사람들은
죽어서 무엇을 가지고 가려고
높은 담장으로
건물마다
보안경비 시스템으로 덕지덕지 붙여놓았다.
정원에는 고가의 나무들만 빼곡하다.
어쩌면, '무소유'와는
전혀 맞지 않는 도심 속이다.
단청을 하지 않는 극락 신과
길상사는 무소유를 부르짓는다.

성북동 길상사에서

산새소리 ○──────

비슬산 한 자락에
진달래, 벚꽃, 복사꽃, 민들레, 제비꽃의 향연이다.
연둣빛 푸름이 고개 내밀고
새소리 노랫가락으로 들린다.
물소리는 작은 교향악단이다.
작은 연둣빛의 새싹들은 희망적이고
이 산 저 산에서 들려오는
새들의 합창단에 흠뻑 빠졌다.

고요한 산사에 목탁 소리
살랑거리는 봄바람에
내 마음 실어 명주바람같이
살포시 내 가슴에 안길 때
새소리 물소리는 작은사랑이다.

사랑이라는 건
거대한 것 같아도
순간순간 느끼는 미묘함에
오롯이 느끼는 마음이다.

대구 비슬산 용연사
적멸보궁 앞에서

○ 봄

봄…
사계절 중 봄을 가장 좋아한다.
애기 손톱만 한 새싹이 대지를 흔들고
고개를 쏙 내밀 때쯤 가장 좋아한다.

봄…
어떤 생명의 원동력이 된다.
희망이 보인다.
희망의 끈이
바다 건너 파도를 타고 춤추며 건너가는 듯.

봄…
새순이 올라오는 모습 속에는
아가의 배시시 웃음이 묻어난다.
해맑은 모습 내 안에 저장되고
그 모습 사랑이 충만.

상사화 ○

불갑사
고요함이 나를 부르고
정적과 고요함은 나를 일깨운다.

꽃무리 군락지에
사랑이 있는 곳
거짓도 없고 오로지 순수함
서릿발에도 굴하지 않는다.

동지섣달 고추바람
상사화 고추바람 달다 하시니
인고의 시간은
정열의 상사화 사랑이었다.

불갑사에서

사람 마음이라는 것은

사람 마음이라는 것은
마음 깊이를 얼마나 알 수 있을까
어느 땐 마음이 마음을 혼을 내어 주기도 하고
때론 마음이 마음을 아름답게 만들어주기도 한다.
그런데, 요즘 내 마음은 어떠한가?
마음을 얼마만큼 깊이 알아야 하는지.

아무것도 바라지 말고 비우는 마음으로
당신의 마음을 가득 채우면 좋겠다.
보이지 않는 마음으로 인해
당신의 마음에게 상처를 주고
마음이라는 친구가 또 나에게 마음을 건네어준다.

마음이라는 것은
계영배 술잔처럼,
곱게 잘 다듬어진 '정'처럼 아름답게 써야만 한다.

사려니 숲속에서

까마귀 지저귀는 소리
내 귓가에 쟁쟁
우렁찬 소리에
내 마음을 사로잡는다.
삼나무로 만들어진 신비한 사려니 숲속
까마귀 까악
떨어진 나뭇잎 위에 앉아
무얼 주워 먹는지
나도 함께 먹어봤으면
사계절 푸름이 지켜내느라
얼마나 고단했을까.
아! 신비하고도 당당한
사려니 숲속.

제주도 사려니 숲속에서

내 마음속의 무릉도원

온 세상 대지 위에
살포시 앉아있는
춘설의 모습
봄꽃의 향연에 질새라
소복하게 내린 눈
하얀 내 안의 모습
소리 없이 한 잎 두 잎 수를 놓는 듯
온 동네 봄 향기 멀리 퍼지어
춘설(春雪)이 나를 괴롭힌다.

춘설의 꽃이 심술을 부린다.
함박눈으로 점점 더 거세어지는
춘설의 꽃
사랑은 이렇게 가끔 심술도 필요하다.
꽁꽁 얼어붙은 얼음장 같던 그 마음
그 시련도 이겨내고

봄 향기 담아 내 맘 전하려고 했는데
춘설도 나를 닮아 심술이 많은가 보다.
그새, 춘설이 소리 없이 내리더니
어느새 12폭 병풍에 수를 놓아 버렸다.
복사꽃 향연이 무릉도원이 아니라
내 마음이 무릉도원이구나.

아름다운 날들

가로등 불빛 아래
나 혼로 핀 코스모스
하늘은 깊은빛과 먹구름과 친구하면서
세상 실려 가는 이야기를 잇듣는 듯하다.

코스모스의 흔적들은 어디론가 사라지고
목숨 부지하며 남아 있는 꽃잎 한 장.
꽃잎은 하늘을 향해 선회하고
길을 헤매고 있는 듯

하늘 향해 훨훨 날아 가버린 꽃잎.
나도 한 번 세상의 몸짓을 향해
날아 보았으면 좋겠다.
꽃잎이 남기고 간 자리
꽃씨 속에 알알이 사랑을 심어
아름다운 날을 기약하려 는 듯
꽃씨만 남아 있는 모습
떨어진 꽃잎엔 사랑의 여독이 남아 있으면 좋겠다.

이슬처럼

밤새 소리 없이 내린 이슬이
풀잎에
내 안에 고요한 평화처럼
조용한 마음을 가다듬는다.

살며 사랑하며
이슬처럼 촉촉하게
사랑하며 살아가리.
풀잎에 맺혀있는 이슬방울처럼.

○ 장작불

내 몸으로 인간에게
해줄 수 있는 게 무엇이 있었나.
고된 삶으로
모진 비바람 속에서 살다가
인간의 힘으로
단칼에 베어진 몸으로
한 동강도 아닌 여러 동강으로 나뉘어
이리저리 굴릴 데로 굴리었어도
나는 인간에게 따뜻하게
내 불덩어리로 언 몸을 녹이고
내 불씨로 자반고등어를 굽고
내 불씨로 보글보글 끓는 된장뚝배기
내 삶이 진곡의 늪에서
허덕이는 굶주림이었지만
인간에게 베푼 육보 시
더 이상 베풀 것이 없는 것이 아니라
최선을 다한 몸이라고

가을 낙엽은 ○

고운 옷 입은 채로
낙엽이 거리에 떨어졌다.
밟아 보고 싶은데 너무 예뻐서
발을 딛을 수가 없다.
그 고운 모습 더 볼 수 없을까 봐
혼자 보는 게 아깝다.
사랑하는 마음이 있어 그럴까?
멀어져가는 가을이 아쉽다.

그리움

누구를 기다린다는 것은
그것은 누굴 위한 것이 아니라
나를 위한 것이라면
그리움은 눈물의 진액이다.
가슴과 가슴으로 얼룩진
마음속의 동화나라
그리움은 솔직하고도
담백한 언어의 마술사이다.
보고 싶은 마음도
진실된 마음이다.

오월의 장미

오월의 넝쿨장미는
빳빳하게 자존심을 세우고 있다.
지난겨울은 언 발이 또 얼 정도로
춥고도 추웠는데
시린 가슴
모진 비바람 다 이겨내고
제 혼자 몸 추슬러 고개 내밀고
꽃대를 세우고 있다.
참 기특하다.
대견스럽다.
갸륵하다.
품위가 있다.
고매하다.
동장군 세월 다 이겨내고
그 임을 위해
꽃을 피우려 하는가?

미소와 옹알이

갓 태어난 아기 가슴을 토닥여주는 할아버지
아기는 할아버지의 미소에 옹알이를 한다.
할아버지의 환한 미소에는 사랑이 있고
할아버지의 환한 미소에 희망이 있고
할아버지의 환한 미소에
건강하게 잘 자라주길 바라는
간절함이 아기에게 빛처럼 전달된다.

갓난아기는
할아버지의 미소 속에 비추어진
속마음을 알아듣기라도 한 듯
그저 아기는 미소와 옹알이로 대답한다.

행복한 삶을 살았노라고

살아서 즐겁게 살고
또한 후회 안 하고
살아서 욕 안 먹고
남에게 많이 베풀고
마음으로 복을 많이 짓고
사는 동안 부지런하게 살다가
사람이나 짐승이나
하물며 하찮은 미물에게도 존경받고
소풍 왔다 가는 날
관속에 들어갈 때 후회하지 않는 삶
행복한 삶을 살았노라고
미소 지으며 떠나는 날을 떠올려본다.

농부의 새벽은 희망이다

어두움이 물러가고
여명이 떠오르는 순간
아무도 밟지 않은 터를 밟는다.
부지런한 새가 먹이를 더 쫓듯이
농부는 한 손에 삽자루 들고
거북이 등가죽이 된 손으로
희망의 끈을 놓지 않으려고
오늘도 새벽이슬을 밟는다.

어미의 기도 ◦

눈물이 난다.
고생할 것이 뻔히 보이기 때문에
휴전선 근처로 간다고 하니
추위에 약한 놈 보내려 하니
그 마음 더 애달프다.
남편은 주사위는 던져졌다고
어미는 특전사 간다는 것도
못 가게 했는데
이게 어미 마음이겠지
어미가 할 수 있는 건 기도밖에 없는데
추위에 무척 약한 아들인데.

새봄이 왔구나!

새봄이 벌써 왔구나.
잔디 속에는
작고 여린 것들이
꾸붓꾸붓하게 올라오고 있다.
입춘 지난 지 얼마나 되었다고
며칠밖에 안 된 거 같은데
대지는 새봄을 알리고 있구나.

나의 마음을 들켰다 ◦

삼각산 도선사
칼바람 왕바람 싹쓸이 바람
대웅전 안 까지도

기도 마치고
언 발에 언 신발을 신으려니
온몸과 마음까지도
언 것 같다.
관음전에서 언 심신을 녹이고
밖으로 나왔으나
내 온몸이 날아갈 듯
누굴 위해
따뜻한 아랫목에
구들장이나 짊어지고 말 것을
그래도 부처님은 아시겠지.
이런 나의 마음을.

삼각산 도선사에서

무심천향연

늘 보는 무심천
오늘은 어떤 풀과 꽃이 얼마나 자라고 피었을까?
그 꽃이 피어서 추하게 시진 않았을까?
물은 깨끗한지 얼마나 되는지
기러기는 어디에서 무엇을 먹고 있을까?

자연과 더불어 운동하는 시민들 속에서
비가 오면 비를 맞고
눈이 오면 눈을 맞으며
감상할 줄 아는 그런 사람들이다.

계절마다 피고 지는 것들을 보면
식물은 늘 제자리에 있는 거 같아 보여도
늘 변화하고 있었다.
그 변화는 순리인 것을
세상사 순리는 자연의 이치이다.

사랑하는 마음은

사랑하는 마음은
자신을 행복하게 만들어주고
사랑하는 건
사랑하는 그대를 위해서 하는 게
아니라 '나' 자신을 위해서 한다.
온몸과 마음으로
그대에게 다 주는 거 같지만
사실은 그대를 위해서가 아니라
나 자신을 위해 사랑하는 것
내 한 몸 불살라
일그러졌던 몸과 마음
다시 일으켜 세워놓고
사랑의 힘은
가장 크고도 위대합니다.
사랑할 줄 모르는 사람은
행복도 느낄 수 없지만
사랑하는 마음은
나 자신에게 주는 커다란 선물입니다.

꼬투리

작은 꼬투리 환희의 기쁨은
새 생명 희망의 씨앗이다.

거창하게 큰 것도 아닌
작은 가슴에
점 하나 찍어주고
실낱같은 실오라기
희망이 보일 듯 말 듯한 꼬투리

매미 울음소리

사방을 둘러보아도
우렁찬 매미 울분은
살아보겠다는 의미일 것이다.
고놈! 참 우렁차게
소리 높여 외친다.
고놈! 참 대단한 놈일세!

명지바람

보드랍고 화창한 바람
명지바람이 살살 불어댄다.
놀이터 의사에 앉아
평온함 속에 행복함을 맛본다.

저물어가는 인생길에서
가장 필요한 것은
평온함 행복함이 명지바람같이
온몸을 휘감을 때
그 보드라움에
땅거미 지는 저녁에
한낮의 더위가 식어간다.
사랑하는 마음 가슴속 깊이 남아본다.

짧은 휴식

삶의 터전으로 나갈 때
5분 만이라도
놀이터 의자에 앉아
쉬는 것은 마음의 양식이다.
새소리 들리면 더 좋고요.

사랑하는 사람끼리 보듬어주는 세상
우린 그런 삶에
봄눈 녹듯 그렇게 살아가요.

지금 이 순간을 즐겨라

산이 좋아
계곡이 좋아
시원한 계곡물에 참방
거풍을 하고
시원하다고 부드럽다고
괴산 대학 찰옥수수 막걸리
한잔 쭉 걸치고
과일 한 조각 입에 넣고
세상인심 다 얻은 양
마냥 좋아 곁사람에게 인심도 쓰고
넓적하고 큰 너럭바위에 올라
산새를 보니
신선이 따로 있나
돈이 많아서 따로 신선인가.
돈 없어도 지금 이 순간을
이렇게 즐기고 살면
그것이 신선이다.

괴산 송면의 너럭바위에서

둘이 하나 되어 ◦

자란 환경이 다른 두 사람이
만났다는 것은
하늘이 내게 준 선물입니다.
길 가다 서로 모른 채
얼굴 마주한 적도 없는 두 사람은
어쩌다 그렇게 짜릿한 전류가 통하여
둘이 하나 되어
사랑의 기쁨과 슬픔을 나누고
서로 힘이 들 때에는 어깨를 내어주고
버팀목처럼 기댈 수 있는 사랑은
'둘이 하나 되어' 사랑입니다.

정신적 육체적인 사랑으로
때로는 '용서'라는 지우개의 깊은 사랑으로
한마음으로 둘이 하나 되어 용광로를 끌어안고
질곡의 늪에서도 참을 인(忍)자
가슴 속에 꿀컥 삼키며
둘이 아닌 하나의 사랑되길 두 손 모아 기도합니다.

04
길이라는
것은...

그대가 걷고 있는 이 길
직선이라면
그대의 인생은 어떠한가?

그대는 곡선 길을 걷고 있는가.
직선을 고집하기보다는
때론 휠 줄 아는
그러한 길을 걷는 미덕도 필요합니다.

그대는 아무도 밟지 않은 길을 걷고 있는가?
아무도 밟지 않는 풀숲으로
내 발등에 이슬이 채인다 해도
걸어가야만 하는 것이 인생이고 지혜입니다.

오대산 소금강

오대산
호령봉 두로봉 상왕봉 비로봉
동대산
밤아래 서 있구나!
시원한 물줄기
굽이굽이 휘몰아치는 소리

나뭇잎을 이불 삼아
바위를 베게 삼고
새소리 물소리 교향곡
다람쥐를 벗 삼아
산 열매 곡식으로
기암괴석 적송은 나의 버팀목입니다
일입청산만사휴(一入靑山萬事休)라.

살살이 °

고개를 흔들며
손사래짓 한다.

고개를 흔들며
살살이처럼 흔들어댄다.

고개 흔들며
하늘하늘하게

고개 흔들며
사랑도 마음도 그와 같이

소꿉친구

옹기 속의 깊은 맛
진실의 맛
해가 거듭될수록
깊은 맛이 우러나는
소꿉친구들은 묵은지

내면에는

가슴 한구석
밀려오는 그리움
빗물과 수초처럼 엉키었던
사랑의 보따리
이 비 그치고 나면
무지개 따라
내 마음 안의 영혼도
환희를 본다.

동백꽃

선홍 핏빛
잘 단구어진 얼굴이다.

수줍음 치너는
동백꽃처럼 피이났습니다.

초경(初經) 치른다고
아우성이었는데
수줍어했는데
동백꽃은 그랬습니다.

독감

안방을 독차지하고 이불 깔고 누웠다.
잠자리 청할 정도로
그 손님 내 보내려고
주사 한 방 엉덩이에 콕 찌르고
독한 덩어리들 입안에 털고
손님 나갈 때만 기다리는데
그 손님 참 고약하다
나가라고 외쳐도
나갈 기미가 안 보인다.
그대가 잠시 휴식을 취하는 순간
안방에서는 골골한다네.
그대여!
어서 안방을 내어 주게.

오징어잡이 어선

날 밝은 밤에 반짝이는 금빛 물결이다.
통통거리는 뱃고동 소리에
밝은 대낮처럼 불빛을 매달고
어디론가 떠나는 배

대포항에서 북한은 지척인데
철통같은 방위 태세 속에서
불빛을 대낮처럼 환하다.
오징어잡이 몰두에 작업하는 어선들
밤잠을 물리치고 오징어 한 마리 더 낚아채려고
두 개의 어선이 한 몸으로 배를 움직인다.

하룻밤 꼬박 새운 고깃배는
일출과 함께
뱃고동 소리를 알리며 귀향하는 오징어잡이 어선들
오징어 값이라도 호황이면 좋겠다.

나에게 칭찬을 해주세요

나에게
오늘 하루 잘 살았다고
오늘 하루 잘 견디어냈다고
오늘 하루도 가슴 아픈 일이 있었다면
나 자신에게 보듬어주는
그런 하루였으면 좋겠습니다.

자화자찬이라고 하겠지만
어쩌면 꼭 필요한 것은
나에게 사랑할 줄 아는 것입니다.
나에게 먼저 사랑할 줄 알아야
남에게도 사랑을 베풀 줄 알거든요
나에게 먼저 칭찬을 아끼지 말고 넉넉하게 해주고
남에게도 사랑과 칭찬을 줄 수 있는
그런 하루였으면 좋겠습니다.
나에게 하루에 한 번만이라도 칭찬을 꼭 해주세요.

◦ 지우개 사랑은

사랑은 용서하는 것이다.
늘 부족함으로 채워가는 사람들이기에.
용서라는 지우개로 지워야 한다
화사한 봄날만을 기다리는 사랑은
쉽게 시들지만
용서라는 지우개의 사랑은 그윽하다.
영원히 지워지지 않는 사랑으로
용서를 함에 더욱더 그윽하게
향기로운 사랑이 피어난다.

사랑의 인연

콩!... 무너지는 소리
화들짝 창밖을 바라본다.
보꾹이라도 뚫을 기세로 내린다.
장대비는 스쳐가는 인연처럼 내린다.
처마 밑으로 한 방울씩 똑똑 떨어진다.
마음속에 파장은 사랑이다.
사랑의 인연은
쉽게 다가서는 것보다는 천천히
다가서는 것이 깊은 인연이다.

함박꽃

활짝 피어있는 내 모습에
나는 반하였지만
한 잎 한 잎 피워내는 고통을
너의 고통을 누가 안아줄까
고통이 없는 사랑은 없는데

화려하게 피워낸 모습에
나는 그만 넋을 잃었으니
네가 나보다 더 아름답다.
모든 이들이 너처럼
아름다운 마음으로 불태웠으면 좋겠습니다.

사랑하는 마음 ○

사랑하는 마음이
언제나 변함이 없으면 좋겠습니다.

사랑하는 마음은
언제나 둘이 아닌 하나이었으면 좋겠습니다.

사랑하는 그 마음으로부터
우리 사랑을 지키는 것입니다.

사랑

사랑,
사랑이라는 것은
썩어들어가는 악취도 향기로
변할 수 있는 그 마음이다.
푸른 바다처럼 깊고도 넓은
그 마음 또한 사랑이다.
육체적 정신적인 사랑이 둘이 하나가 될 때
사랑이라는 결실을 맺는 것이다.

사랑은 향기 속으로 ⚬

사랑은 간절한 마음속에서 우러나서 나온다.

사랑은 희망이다.

사랑은 삶 중에서 가장 큰 힘을 지녔다.

사랑이 없는 삶은 삶이 아니다.

사랑의 힘은 가장 크고도 위대하다.

사랑하는 그 마음과 그 마음이 움직일 때

우리네 사람들은 작은 사물을 보고도

희·노·애·락(喜怒哀樂)을 생각할 수 있는

힘과 마음이 생기는 것이다.

아침햇살

아가의 미소처럼
배시시한 꼭 빼닮은
아침햇살이다.
심안(心眼)의 고통은
그래도 세상은 살만하다고
기지개 펴고
입가에 미소를 지어본다.
아침햇살을 맞이하면서
그것은
삶의 희망이라고
나를 다독여 본다.

산바람

바람
바람
바람
시원한 바람

능선 길 따라 불어오는 바람이다.
사랑 싣고
행복 싣고 불어온다.

고목나무 잎사귀에
향긋한 봄 향기도
명주바람이 온몸에 휘감길 때
시원한 바람처럼
나의 마음도 불어온다.

사랑은 곧 행복이다

사랑하는 마음은
자신을 행복하게 만들어주고
사랑하는 건
사랑하는 그대를 위해서 하는 게
아니라 '나' 자신을 위해서 하는 것이다.
온몸과 마음으로
그대에게 다 주는 거 같지만
사실은 그대를 위해서가 아니라
나 자신을 위해 사랑하는 것이다.
내 한 몸 불살라
일그러졌던 몸과 마음
다시 일으켜 세워놓고
사랑의 힘은
가장 크고도 위대합니다.
사랑할 줄 모르는 사람은
행복도 느낄 수 없지만
행복은 마음속의 희망입니다.

묵은지

옹기 속
깊은 맛
진실의 맛
해가
거듭될수록
깊은 맛이
우러나는
우리 초등 친구들은
묵은지!!!

일체유심조

무등산 산꼭대기에 떠도는 운무(雲霧)는
버리고 떠나려는 나의 마음이다.
"무거운 짐 벗어버리기"
이렇게도 어려운가?
내 마음속의 영혼과 함께
이 모든 것이 일체유심조인 것을

천국이 따로 있는 것도 아니요
훌훌 벗어버리려는 홀가분한 마음
이곳이 천국이요
나의 마음이 천국인 것을.

一切唯心造(일체유심조)
모든 것은 오로지 마음이 지어내는 것임을 뜻하는
불교 용어. 전라남도 광주시 무등산 원효사에서 쓰다.

매화마을에서

섬진강

매화꽃을 보러 왔는데

추위가 물러가지 않아서

매화꽃들이 활짝 피워내지는 못했습니다.

서로 앞다투어 가슴이 시리게도 피었던 꽃들은

얼른 지나치고도 싶은가 봅니다.

매화마을 온 동네가

하얀 매화꽃으로 장관을 이루고 있었습니다.

그들은 엄동설한을 이겨내고

애써,

꽃을 더 피우려고

몸부림을 치고 있었습니다.

벗을 사귐에 세한삼우처럼.

세한삼우(歲寒三友)
명사, 추운 겨울철의 세 벗이라는 뜻으로,
추위에 잘 견디는 소나무·대나무·매화나
무를 통틀어 이르는 말.
흔히 한 폭의 그림에 그려서 '송죽매'라고 한다.

사랑을 위하여

"밤새 고민하고 애원하고 몸부림치는 것보다는, 한 번 만나본
다는 희열은 영원한 생명이 미치는 곳까지 뻗친다."

에리히 프롬의 「사랑의 기술」 중에서

봄비가 대지 위에 살며시 가슴 안에 내린다.
아지랑이처럼 피어나는 봄비는 언제나 달려가고 있습니다.

채워짐이 가득한 것 보다는 덜 채워진 '계영배'의 술잔처럼
아름다운 사랑으로 가득하게 채워봅니다.
비가 내리면 늘 고요하게 어머니 젖가슴을 만지는 듯한
가슴 속 깊은 따뜻한 사랑처럼 느껴지기도 합니다.

만나고 헤어짐보다 기다림이 더 사랑스럽고,
만나기 위해 몸부림치는 시간이 더 고귀합니다.
두 사람의 영혼을 위해 불태워버린 시간들은
육체적인 사랑과 정신적인 영혼의 사랑은 고귀합니다.

마음속의 사랑은 채워짐이 가득하지만
마음을 많이 알았다 해서 사랑이 멈춘 것은 아닙니다.
당신의 마음을 많이 알았다 해도 불만이 있어서는 안 되고
그 고귀한 사랑을 지키기 위해서는 서로 노력해야 합니다.

칠전팔기

인생이는
나그네의 발길에
밟히고 또 밟히어도
시립다!
힘들다!
고달프다!
인생은 다 그런 거라고!
외마디 던져놓고
나는 그렇게 세상을
살아가노라!

뿌리 없는 마음 없다고
나의 뿌리
나의 마음
나의 가슴
아무리 짓기고 밟히어도
툭툭 털고 일어나
또다시,
세상을 향해 외친다.
인생은 칠전팔기라고.

첫눈

"첫눈"
그리운 사람을 기다리는 것처럼
금방이라도
와락 내 가슴에
안길 것만 같은데
발 동동 구르며
입김으로 호호 불며
그리움으로 애가 탄다.

"첫눈"
내 가슴속에서 파도치는 소리는
사랑하는 마음이다.
애가 타는데…….
두 눈 깜박이며
날이 새는 줄도 모르고

"첫눈"
눈물 속에 가슴은 파도를 친다.

산새 소리 ○────

비슬산 한 자락에
진달래 벚꽃 복사꽃 민들레 제비꽃의 향연이다.
연둣빛 푸름이 고개 내밀고
새소리 지저귀는 노랫가락과
물소리는 멜로디처럼 들린다.
작은 연둣빛으로 희망을 품어보고
이 산 저 산에서 들려오는
새들의 합창단에 흠뻑 빠졌다.
고요한 산사에 목탁 소리와
살랑거리는 봄바람에
내 마음 실어
명주바람이 살포시 내 가슴에 안길 때
새소리와 물소리를 내 작은 사랑에 담아본다.
사랑이라는
건거대한 것 같아도
순간순간 느끼는 미묘함에
오롯이 느끼는 그 마음이다.

묵묵히 걸어가는 것도 좋다

사람은…
묵묵히 걸어가는 것
상념에 젖어 걸어가는 것도 좋다.

앞, 뒤 없이
누군가 회초리를 들어도
말없이 조용하게 침묵을 지키며 걸어가도 좋다.

때론, 인생길에 방해자가 있어도
그에게 지지 않으려고
더욱더 묵묵히 걸어가는 것도 좋다.

가끔은 회초리가 보약이 되기도 하고
달콤한 언어의 몸짓보다는
쓸쓸한 언어가
내게
보약이 되기도 한다.
해서 묵묵히 걸어가는 것도 퍽 좋다.

인생길은 뛰어가는 것보다는 걸어가는 것이 좋다.
묵묵히 걸어가는 것도 아름답고
묵상에 젖어 걸어가는 것도 소중하기에
'삶' 자체가 감사하지 않을 수가 없다.

마음

사람 마음이라는 깃은
마음의 깊이를 얼마나 알아야 하는가.
어느 땐 마음이 마음을 혼을 내어 주기도 하고
때론 마음이 마음을 아름답게 만들어주기도 한다.

"마음이란 무엇인가?"
나는 나의 마음을 얼마만큼 알고 있는지
나 또한 당신의 마음을 얼마만큼 알고 있는지
아무것도 바라지 말고 비우는 마음으로
보이지 않는 마음으로 인해 상처를 주고
마음이라는 친구가 또 나에게 마음을 건네어 준다.

마음은,
곱게곱게 잘 다듬어진 정처럼 아름답게 써야만 한다.

테크노댄스

녹슬어버린 나뭇잎은
신나는 음악에 맞춰 춤을 춘다.
블루스가 나오면 천천히 잡아주고
당겨 주고 그리고 돌아준다.
박자에 맞춰 흩날리는 낙엽들은
대롱대롱 매달리면서도
신나는 테크노댄스의 향연에 흔들고 있었다.

○ 겨울산

산속 고드름을
한 손으로 잡아들고 깨물어보지만
고추 바람은 가슴팍이 시린 정도로
시운 귀가 나의 가슴 속을 사로잡는다.
지저귀는 새들의 향연보
각연사 종소리는
저 멀리 산자락에서 여명처럼 들려오고
녹아내리는 눈소리까지도 조용하다.

풀잎 이슬

살며 사랑하며
이슬처럼 촉촉하게
사랑하며 살아가리
풀잎에 맺혀있는 이슬방울처럼.

ㅇ 별과 달

나는 별과 달을 보면서 퇴근한다.

혼자 걷다가 잠이 달아날까 걸음을 재촉하기도 하지만

조용히 숨죽이며 걷는다.

배로 숨을 들이키며 하늘을 본다.

무엇으로도 형용할 수 없는 이쁜이들이다.

큰 별, 작은 별 희미하게 보이는 별들

수많은 별들이 오묘하게 조화를 이룬 하늘이다

하늘만 바라보면 가슴속에 동화작용도 느낀다.

내게 선물까지 곁들인 하늘이다.

음력 보름 달빛이다.

달과 별이 어쩌면 저리도 고울까.

현관문 열기 전까지도

어두운 새벽길을 밝혀 준다.

2층 베란다에 앉아 별빛과 달빛을 본다.

어쩌면 그것은

내 안의 또 다른 아름다움을 보는 것이다.

손으로 잘 빚어진 도자기보다도

자연의 아름다움은

그것이 내게 주는 불빛은

사랑하는 그 마음은

우물물처럼 마르지 않는 샘과도 같다.

길이라는 것은

그대가 걷고 있는 이 길

직선이라면

그대의 인생은 어떠한가?

그대는 곡선 길을 걷고 있는가.

직선을 고집하기보다는

때론 휠 줄 아는

그러한 길을 걷는 미덕도 필요합니다.

그대는 아무도 밟지 않은 길을 걷고 있는가?

아무도 밟지 않는 풀숲으로

내 발등에 이슬이 채인다 해도

걸어가야만 하는 것이 인생이고 지혜입니다.

05

묻어두고 가는
삶이란...

우리는 살면서
가슴속에 돌덩어리를
묻고 사는지도 모른다.
가슴속에 숨겨둔 그 비밀을
겉으로는 표현도 못 하면서
속앓이를 할지언정
선유도 바닷가에서
그 묵은 찌꺼기들을
남겨두고.
수면 위가 아닌
그냥, 해저 속으로 묻히기를 바란다.
그대 가슴속에 쌓였던
그것들을...
물비늘을 바라보며
가슴속이 뭉클하다.

2만 원의 공돈

생각지도 않은 돈이 생겼다.
기분 좋다.
내 기분만 생각하면 좋지만
잃어버린 사람 마음은 어떠할까?

2만 원으로
남자라면 소박한 술자리로
시름을 달랠 수 있을 것이다.
돈 잃어버린 사람이 어머니라면
소박한 밥상이
우리 가족의 식탁을 행복하게 만들어 줄 것이다.

우리 어머니는 어떻게 했을까?
주머닛돈 쌈짓돈
손주 재롱 보며 손주 입 안에
고물고물 들어가는 거 보면서
행복에 젖어 있을 것 같지만
나는 우리 어머니 웃음만 생각하련다.

살아서

살아서
살아서 즐겁게 살고
또한 후회 안 하고
그렇게 사랑하면서
살아서 욕 안 먹고
그리고 남에게 많이 베풀고
마음으로 복을 많이 짓고
사는 동안 부지런하게 살다가
사람이나 짐승이나
하물며 하찮은 미물에게까지도 존경받고
소풍 왔다 가는 날
관 속에 들어갈 때 후회하지 않는 삶
행복한 삶을 살았노라고

그렇게 살았노라고 할 수 있어야 한다.

○ 술

술
 마시고 싶어 마시는 술
 마시고 나면 취하는 거
 어제도 오늘도 내일도

술
님의 품에 안겨
여인네 치맛자락 속곳에
검은 묵 향기 풍기며
'난' 한 폭을 쳐 본다.
난 향기와 견주어 맞바꿀 수 있는
그 여인네는 누구일까.

술
짙은 화장, 진한 향수가 좋아
한 여인네 가슴팍을 비비며
휘황찬란한 네온싸인에
내 몸을 의탁하고

거나한 술잔이 돌고 돌아간다.

한 귀퉁이 빨간 입술 자국
그것이 좋다고 뭇 사내는 그곳에
입술을 맞춘다.

얇아져 가는 지갑에
긴 한숨 짓고
그래도
오늘 술을 맛이 좋았다고
팔자걸음 걸음 너털너털

우리 집 병아리는

우리 집 병아리는 발가락에도 털이 있어요.

하얀색 털을 가진 놈과 검은 털을 가진 놈이 있어요.

우리 집 병아리는 몸에 흰색 노랑색으로 그림 그렸어요.

갓 태어난 노랑이와 회색(장개병아리)이도 있어요.

높은 둘이 수니 여러 마리가 우르르 달려들어요.

사람 의식하지 않고 제멋대로 돌아다니면서

작은 부리로 모이를 찾고 쪼아요.

발목에 털 장식한 놈은 머리에 왕관을 쓰고 있어요.

토종닭은 곱게 의젓하게 품위를 지킵니다.

실경에 올라앉아 날개깃을 털고 부리로 온몸을 찔러봅니다.

청계 놈은 알을 낳으면 껍질 색도 푸른색을 띱니다.

화초 닭이 내게 뭐라 하고 싶은 모양입니다.

작은 머리로 어떤 생각을 가지고 나를 바라보내요.

그것이 어떤 생각일까요?

물 한 모금 입에 물고 하늘 보고

몇 번 주둥이로 물을 품고 하늘을 봅니다.

작고 가늘고 호수에서 물이 나오니

병아리는 호수 끝에 주둥이를 직접 대고 물을 먹어요.

우리 집 병아리들은 어미 닭이 품어서 20만에 태어났습니다.

어미 닭이 품어 태어난 병아리들은 제 어미를 알고,

제 가족을 잘 알고 있습니다.

내 가족이 아닌 병아리와 싸움을 할 때는

제 가족 감싸기를 합니다.

크고 작은 병아리들이 옹기종기 모여

함께 살아가는 방법을 배웁니다.

흙을 파헤치고 제 몸을 땅속으로 파고 들어가려고 합니다.

몸에 진드기 및 해충을 스스로 털어내어

제 몸 건강하게 스스로 치료를 합니다.

옹기종기 모여 몰려다니고 먹이 찾는 모습들

날갯짓하는 모습.

그 모습을 보면 나는 동화 속에서 살고 있어요.

생명

행운목이 울 안에 들어왔어요.
바람이 잘 통하는 곳에 나를 세워놓았어요.
내가 사는 회 킹은 햇빛이 있어요.
습한 곳에서 작은 진일 기구에
생명을 의탁하고 있어요.
작렬하게 내리쬐는 빛이 아니지만
건강하지 못합니다.
먼저 태어난 생명의 싹을 틔운 놈이 죽어가고 있었습니다.
아슬아슬 안간힘을 버티고 있어 시름시름 했습니다.
주인이 죽은 싹은 가위로 싹뚝 잘라 주었어요.
몸살을 앓고 툭툭 털고 일어나려고 했지만...
생명의 끝은 어디인가요?
생명의 끈은 놓지 않으려고 또다시 움을 틔웠습니다.
고사리 같은 아기 손으로
생명은 그렇게 끈질기고 고귀한 것이라고.

노래방에서

소리를 들으며 아침을 연다 °

아침 공기 시원하다고

창문, 현관문 죄다 열고

상쾌한 공기 들어오라고 환기를 시켜준다.

공기가 눈에 보이지는 않지만

그것은 내게 희열을 주기도 한다.

상쾌한 공기와 조잘대는 새소리가

내게 청아함도 있지만 또 다른 시작을 알린다.

사랑이라는 보따리도 함께

몇 편의 시를 읽는 동안에

나의 마음속까지 즐겁게 해 준다.

나의 이런 즐거운 마음이

주변 사람들에게도 이 마음이 전달이 된다.

새소리를 들으면서 아침을 열고

하루 일과를 마치고

이불 덮고 베개를 벼고 누워서

오늘도 참으로 잘 살았노라고

나 스스로를 다독이며 잠을 청한다.

연못 속의 내 모습

연못 앞에 발걸음을 멈추고
연못 속에 비추인 내 얼굴
비가 많이 와서 그린지 물이 탁하다
내 얼굴을 아무리 찾아보려고 해도
내 얼굴은 어디로 숨었을까
내 마음속이 탁하다고 보여주기 싫은가보다
아니면,
내 얼굴에는 진실이 없기 때문에
모습이 없는지도 모른다.

그 모습은 나의 얼굴
그것은 내 마음을 보는 거라고.

홍도

저물어가는 태양은 몸을 숨긴다.

태양을 보면서

나의 노년의 삶도

아름답게 그렇게 머릿속에 새긴다.

배에서 내렸다.

파도에 휩쓸려 곱게 다듬어놓은

동글동글한 돌이 해안가에

널브러져 있다.

동그란 마음과 얼굴을

가진 이가 많아서 그럴까

바위가 빨개져서 홍도라고 하지 않았던가.

또다시 오고 싶은 맘

그 절경에 나는 심오하게 빠져버리고 말았다.

아버지의 회상

밭에서 낫으로 풀을 깎다가
독사에게 물렸다.
온몸에 독이 퍼지기 시작한다.
한나절 더 가 생명은 위험한다.
보건소에서 주사를 맞고
집으로 돌아온 아버지.
뱀이 오른팔을 물었으니 일도 못 하고
그 상처가 아물 때까지는 푹 쉬어야 한다.
한량처럼 책만 곁에 끼고 다녔던 아버지
새농민신문 잡지 책 깨알 같은 글씨를
한 글자도 빠짐없이 읽으셨던 아버지.
한여름에 뱀에 물리고 일손을 놓았다.
느티나무 밑에 앉아 조선왕조오백년
소설책을 읽으셨던 울 아버지.

내가 아버지 나이가 되어
느티나무 밑에 앉아 책을 읽는 동안
잠시 나의 뇌리 속은

한겨울에 땔감은 그저 약간만 해놓으시고
늘 책과 신문만 보셨던 아버지
나는 그 모습이 싫다고
신문을 불쏘시개로 태워 버렸다.
신문 찾는 아버지가 미워서
오늘 신문 불쏘시개로 썼다고 하면
아버지는 짧은 욕 한마디 내뱉는다.
아버지가 욕을 하건 말건
먹고사는 것과는 달리 책만 보셨던 아버지가
유년 시절 미웠다.
농사일이 할아버지 엄마 몫이었기 때문에
그래도 아버지가 지금은 살아계셨으면
하는 마음 간절하다.
시원한 느티나무 밑에서 책을 읽는 동안
아버지는 내 곁에서 머물다가 가셨다.

흑산도 선상의 추억

햇살에 비추인 은빛 물결
물비늘은 화답한다.
세상은 아름답다고
세상은 어울림 속에 사는 거라고

15년 전 아버지와 함께했던 여행길
자린고비 아버지
두 사위와 여행하면서
동동주 한 잔 없었던 아버지
나는 오징어 한 마리 들고
아버지에게 계산하라고 했다.
막내딸 응석받이 받아주던 아버지.
선상의 매점을 보는 순간
아버지의 옛 추억이 떠오른다.
살아계셨다면
막내딸 응석받이 받아도 될 텐데
파도가 높다.
배가 쏠린다.
가는 동안 무탈하기를...

가을

가을은
여자 가슴에
씨를
뿌린다.

호랑이벙어리장갑

백호호랑이 발처럼 생긴 것을
내 앞에 내미는 작은아들
호랑이 발과 생김새가 같아 무엇인고?
이리저리 만져 본다.
붕툭한 모양이지만
검정색 호랑이 발톱이
앙큼맞게 발을 날 세운다.
모양새만 보아도
오싹하게 만들어 준 호랑이벙어리장갑

"엄마 출, 퇴근할 때 맨손으로 다니지
말고 이 장갑 꼭 끼고 다녀?" 하는 둘째 아들

나는 이 장갑을 끼고 다닐 때마다
둘째 아들을 생각한다.
엄마를 생각하는 마음
그 마음만큼이나 나 또한 아들을 사랑한다.

파도여!

날카롭고도 뾰족한 바위 위에
갈매기 흔적물인 배설물이 하얗게 늘어져 있었다.
넓적 한 것이 태연하게
벌러덩 누워 있는 바위는
숨 고르기 할 시간도 없이
거친 바닷물에 따귀를 맞으면서도
늘 그 자리를 지키고 있다.
많은 사람들의 시끄러운 소리에도
조용하게 그 자리를 지킨다.
사람들은 그런다.
주인께서 마음 중심을 잡고 있노라면
그 어느 누구도
주인 마음을 흔들어놓지 못한다고
손사래를 친다.
파도여!
'힌남노'가 뭐라 해도 나는 그 자리에 있노라고.

봄에

봄 향기 물씬 풍기는 날에
화들짝 핀 봄꽃 향기와 함께 즐겨요.
숫처녀 설레는
그 마음으로
명주바람에 실리어
연서를 띄웁니다.
좋은 좋은 추억
가슴에 많이 담아오세요.
나는
그 자리에서 꿋꿋하게 기다릴게요.

기다림 ○────

천년의 세월을
흐르는 강물에 배 띄우고
고인돌 속에 꼭꼭 숨어
꿋꿋하게 자손이 찾아오길
기다리련다.

강화도 고인돌 무덤 앞에서

○ 미백

숫처녀 속살이
숫처녀 가슴속이
보일 듯 말 듯하다.
나 드러내기가 두렵다.
미백의 속치마처럼
봄꽃은
겨울내내 움크렸던 그대의
시린 가슴 이겨내고
희망의 씨앗을 보려고
희망의 끈을 보았습니다.
꽃을 피우는 그대는 콩닥콩닥
앙징맞고 귀여운 그대여
그대는 누굴 위해서 누굴에게 보여주려고
이렇듯 작은 손을 내밀고 있는가
그대의 가슴에 참을 인자 새겨두고
요렇듯 뽐내고 있구나.
발길을 서성이면서 손길 한 번 가는 것도 어렵구나.
내 가슴은 콩닥콩닥한다.

바보 o————

요맘때가 되면
늘 바보처럼 방황을 한다.
누가 뭐라고 하는 사람도 없지만
바보는 발길 닿는 곳에
발을 덤벙덤벙한다.
지나간 겨울을 반추해보면
얼마나 혹독했던가
가뭄에 타들어갔던 날도 있고
때로는 머리 위로 하얗게
백설기를 얹은 듯
왕바람을 친구 삼아 흘러간
날들도 많았다지만
그럼에도 친구 덕분에
요맘때만 되면
나를 바보로 만든다.
그대가 변함이 없기에

시선

용트림하던 너
너는 그새
나도 모르게
어느덧 고갤 내밀고 있구나.
저바나의
나그네 발자국도
떨치고
손짓하고 있네.
시선으로 바라보는 그대.

5월의 장미

5월이 되면
온 산천초목이 꽃 대궐이다.
어떤 꽃이 더 이쁠까?
옷맵시처럼 꽃도 그러하다.
그것이 사람의 마음이다.
꽃술이 제각각인 것처럼
사람의 마음도 제각각이다.
그런데
그중에서도 5월의 장미가
퍽 이쁘게 느껴진다.

일몰

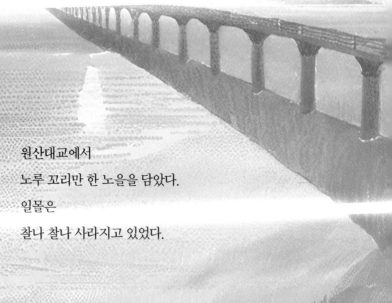

원산대교에서
노루 꼬리만 한 노을을 담았다.
일몰은
찰나 찰나 사라지고 있었다.

저무는 바다를 머리맡에 걸어두고

살아간다는 것은

저물어간다는 것이다.

슬프게도

사랑은

자주 흔들린다.

어떤 인연은 노래가 되고

어떤 인연은 상처가 된다

하루에 한 번씩 바다는

저물고

노래도 상처도

무채색으로

흐리게 지워진다.

나는 시린 무릎을 감싸 안으며

나지막이

그대 이름 부른다.

살아간다는 것은

오늘도

내가 혼자임을 아는 것이다.

상흔

부실부들이 널브러진 존재들
서로 얽히고 섞키었다.
서로 부대끼며 떨어져나간
존재들이 널려있다.
고속도로 날릴 때마다
폐타이어 찢기어진 상흔들이
상상 속의 나래를 보게 한다.
누가 타이어를 만들었을까?
좀 더 튼튼하게 만들 수는 없었을까.
상처로 얼룩진 모습을
이제는 안 보고 싶은데

가을바람이 불어옵니다

높고 푸른 하늘

솜방망이 친구들이 떼지어 다니고 있지요.

가을바람 타고서

홀연히 왔다가는 떠돌이도 아닌데

그렇게 바람은 왔다갔다 합니다.

인생길도 그렇게

홀연히 사라지기도 합니다.

갈바람에 넋을 놓고 있는

필자는 설레임으로 커피 한잔 들이키고

활자를 두들기고.

한 페이지를 수를 놓고 있습니다.

명주바람도 아닌데 설레는 것은

아마도 세월을 보내기 싫어서인가 봅니다

아!... 가을이여.

올 한해도 가을바람에 잘 보내고 있다고

가을바람에 실리어 보내고 싶습니다.

용인 음악 카페 비쉬에서

멈춰버린 시계

우연히 바라본
모조품 시계
하루 두 번만 정확하게 맞는다.
우리네들
가슴속의 시간도 멈췄다.
사랑의 시간도 멈췄다.
그렇게 우리네들 가슴속이
멈춰버린 시계와도 같다.
현재 코로나19로 인해
세계 경제가 멈춰버린 시계처럼
초침이 째깍째깍하고 돌아가듯이
우리네 가슴도 시간도
멈춰버린 시계가 서서히 돌아갔음 좋겠다.

2020년 10월 토요일 가을날에

가을날의 단상

깊어가는 가을날에
하늘하늘한 코스모스만
보면 떠오르는 사람
그 사람도
단풍처럼 익어가겠지?
싸늘해진 날씨가 옷깃을 여미게 하고
또 나이 한살이
충충 계단처럼 높아만 가네.
올 한해도 잘 보냈구나
그런 것이었나?
숙성해진 그 날을 기다리며.
고운 단풍 보면서 적어본다.

봄의 왈츠

용트림 하며
살짝 손 내밀던 가시오가피
어린눈을 가진 아이
한 생명을 키우기도 전에
삽 실어고 말았네.
어이할꼬.
아기 마음에 상처를 줘서

선운사 동백꽃

동박새
동백꽃
동백꽃은 동박새 소리에
음악 소리를 듣습니다.
오케스트라와 협연을 하는 것처럼
부드럽게 때론 저음 소리도
선운사 동백꽃을 보기 위해
몇 년을 기다렸던가.
떨어진 핏빛을 누가 던지고 갔던가.
자비심으로 한 송이 고개를 떨구고
스쳐 가는 인연을 붙잡아보려고
몇백 년이 흘러간 버팀목
동백나무는
꼿꼿하게 소녀를 부른다.

노랑콩 까망콩

남편이 병원에 입원해서 작은아들에게 콩이들을 맡겼다.

콩이들을 데리러 갔다.

힌난봉을 입고 들어가면서

"노랑콩 까망콩!"

"야~~~~~~~~~옹"

이름을 부르니 나온다.

커튼 뒤에 숨어있다가

야옹 소리가 굵직하다.

화가 난 목소리다.

엄마 목소리를 기억한다.

"까망콩"

"야~~~~옹"

늘 안아주던 데로 안아주었다.

평소 같으면. 바로 내리라고. 야옹 할 텐데.

까망콩이 서운했었나?

노랑콩도 안아주니 평소보다 내 품에서 오랫동안 안긴다.

집사가 버린 줄 알았나? ㅎ.

절임배추

온 주변이
독감 환자로 들끓는다.
파릇파릇했던
금방이라도 활개 치던 배추가
김장철이라고
이리저리 엎어지고 부딪히고
사람들은
내가 괴기 덩어리인 줄 착각한다.
살살대기만 해도 마음이
산산이 부서지는데
서슬 퍼런 칼로 엉덩이를 세게 후려친다.
그것도 모자라서
양손으로 날갯죽지를 잡아댕긴다.
마음이 아프다 못해 반은 죽은 듯싶다.
시름시름 다 죽어가는 목숨 위에
잔인한 독감은 그칠 줄 모르고
나트륨으로 폭식시켜주니
독감으로 앓을 수밖에 콜록콜록한다.

망자의 가는 길

저승사자 동행하는 명주 길
매서운 칼바람 앞세워
앞, 뒤 가리지 않고
그저 무념무상으로
사뿐히 스려밟고
한 발 한 발 내딛는다.
꽃가마 타고 색동저고리 입고
나풀나풀 기나긴 강 건너
염라대왕님 문전에 엎드려오니.

이승에 남아 있는
사랑하는 나의 가족들
행복하고 따스한 마음으로
살아갈 수 있게
간절하게 비옵나니
이 망자의 소원 들어주소서.

2003년 11월, '삼보사'에서 아버지 천도 제를 지내고 이 글을 적다.

이 영 순

나는 충북 음성, 1966년 돼지띠 5남매 중 막내로 태어나다.
그 시절엔 대부분 배 곯아 가면서 가난히 산 재산이었다.
그렇게 살았던 사실들을 떠올리면서 살았다.
사람들은 지난 세월을 떠올리며 삶을 살아가기도 하는데,
그 삶 속에서 어떤 가치관을 갖고 사느냐에 따라서 행복지수는 달라진다.

'행복은 멀리 있는 것이 아니라 내 안에 있었다'

어떤 환시 어느 날 글이 좋아서, 글쓰기를 시작했고,
시흥을 보거나 차 타고서 떠오르는 문장을 휴대전화에 옮겼다.
그리고 1일 1책 사업 속에서 몇 권을 출간해 보기도 했다.

그렇게 시작한 글쓰기로 이제 또,
이 책 「두부 - 마음의 눈으로 보는 천 가지 아름다움」을 낸다.

현재는 메리츠화재 설계사로 근무 중이다.

두부

초판 1쇄 2025년 4월 23일
초판 발행 2025년 4월 29일

지은이 이영순
발행인 김재광
편 집 바다, 임성희
디자인 임성희
발행처 솔과학
등 록 제10-140호(1997년 2월 22일)
주 소 서울특별시 마포구 염리동 164-4 삼부골든타워 302호
문 의 전화 02-714-8655 팩스 02-711-4656
E-mail_ solkwahak@hanmail.net

ISBN 979-11-7379-012-6 03800